바다로 가득 찬 책

바다로 가득 찬 책

강기원

민음의 시 137

민음사

시인의 말

배운다는 것은 다시 태어나는 것에 속한다고 말한 작가가 있습니다. 저는 우주의 뱃속에서 꿈꾸는 태아와도 같습니다. 갓 태어난 아이에게는 세상 만물이 책입니다. 하늘의 책, 바다의 책, 장미의 책, 고래의 책……

아이는 책장을 넘길 때마다 사랑에 빠져 듭니다. 사랑에 빠진 자는 경이로움과 설렘으로 눈뜨는 자입니다. 또한 매번 새롭게 죽는 자이기도 합니다.

십자가의 성 요한은 "내 애인은 산들, 나무 우거진 외딴 계곡들, 낯선 섬들, 소리 내어 흐르는 강들, 산들바람의 속삭임, 소리 없는 음악, 소리 내는 고독"이라 했습니다. 성자들뿐만 아니라 무릇 예술가란, 더욱이 시인이란 이렇듯 존재하는 것과 존재하지 않는 것들의 장엄함과 열애에 빠진 자들이 아니겠는지요. 그 사랑의 힘으로 파괴와 창조를 동시에 저지르는 무모한 자이며 외로운 자들이

5

아니겠는지요.

두려움 없이 절벽에서 떨어지는 폭포처럼 시를 쓰던 김수영 시인의 이름으로 저는 상을 받게 되었습니다. 시인의 나이는 세상의 계산법으로 헤아릴 수 없다는 생각이 듭니다. 그분의 시는 여전히 힘찬 폭포처럼 제 곁에 살아 있으니까요. 저 역시 온몸으로 온몸을 밀면서 두려움 없이 시를 쓰도록 노력하겠습니다.

시에게 다가가는 것은 천진성을 회복하는 것이라 믿기에 저는 어린이로 돌아가는 자신을 늘 꿈꿉니다. 많은 이들이 글쓰기를 천형의 고통이라 하지만 저는 이렇게 말하고 싶습니다. 삼라만상의 페이지마다 깃들어 있는 신비와 비밀을 엿보는 일. 에스키모인들이 얼음에 구멍을 뚫어 놓듯이 내면에 구멍을 뚫고 내 영혼의 심연을 들여다보는 일이야말로 진정한 행복의 자리라고.

아무리 하찮은 존재일지라도 주목을 받으면 어마어마한 존재가 된다는 말씀을 들었습니다. 세상의 이러한 경이로움과 경이로운 표현을 위해 애쓰겠습니다.

마지막으로 부족한 저에게 벅찬 수상의 영광을 안겨 주신 민음사와 심사 위원 선생님들께 깊은 감사를 드립니다. 그리고 오랫동안 문학에 빠져 허우적거리는 나를 늘 배려해 준 가족에게도 이 자리를 빌려 고마움을 전합니다.

2006년 11월

강기원

차례

전지가위

'네 안의 정원사를 죽여 버려라'
누군가 말했다

나는 정원이 없었다
가지를 쳐낼 나무도 없었다
내 안은 돌밭
뿌리는 씨앗마다 죽어 갔다

오래도록 비가 오지 않았다

빗방울은 돌 틈 사이로
빠르게 빠져나갔다

멀리서 들려오는 정원사의
쟁강거리는 가위질 소리

돌을 자르는 가위란
세상에 없다
어느 날 돌밭의 가슴팍을
쩍
벼락이 갈라놓기 전에는

위대한 암컷

한때 그녀는 명소였다

살아 있는 침묵
하늘을 낳고 별을 낳고 금을 낳는
신화였으므로
범람하는 강이며 넘치지 않는 바다
빛 없이도 당당한 다산성이었으므로
바람의 발원지
바람을 재우는 골짜기
제왕도 들어오면 죽어야 나가는
무자비한 아름다움이었으므로
요람이며 무덤
영혼의 불구를 치유하는 성소
꺼지지 않는 지옥 불이었으므로
만물을 삼키고 뱉어 내는 소용돌이의 블랙홀
곡신(谷神), 위대한 암컷이여

여전히 그녀는 명소다
수많은 자들의 탐험이 있었으나
영원히 밝혀지지 않을
은밀한 문

마근(馬根)

말의 남근?
법명의 내력이야 알 수 없어도
스님의 민머리를 뵐 때마다
참으로 불경한 생각이 드는 건
어쩔 수 없네
부도를 바라보며
남근을 떠올렸던
천진한 노(老)시인의 푸른 눈빛이 생각나네

장엄하나 벙어리인 책들이
성처럼 쌓여 있는
오후의 도서관

용마(龍馬)도 천마(天馬)도 있다지만
그들의 높은 날개보다
오늘은
본 적 없는
말의 뿌리를 잡아 보고 싶은 거네
그 거대한 근
온몸으로 받아들여
반쪽 아닌 온통으로

개안(開眼)하고 싶은 거네
하나 되고 싶은 거네

복숭아

사랑은…… 그러니까 과일 같은 것 사과 멜론 수박 배 감…… 다 아니고 예민한 복숭아 손을 잡고 있으면 손목 이, 가슴을 대고 있으면 달아오른 심장이, 하나가 되었을 땐 뇌수마저 송두리째 서서히 물크러지며 상해 가는 것 사랑한다 속삭이며 서로의 살점 뭉텅뭉텅 베어 먹는 것 골즙까지 남김없이 빨아 먹는 것 앙상한 늑골만 남을 때 까지…… 그래, 마지막까지 함께 썩어 가는 것…… 썩어 갈수록 향기가 진해지는 것…… 그러나 복숭아를 먹을 때 사랑은 생각하지 않는 것이 좋다

봄날의 도서관

이곳엔 새 책뿐이야
책장을 열면 글자가 사라지지

'새'를 뽑아 들자
짝짓기하던 한 쌍 나란히 날아오르고
'내'를 펼치자
혀 풀린 벙어리처럼 소리 내며 흐르는 여울
'결'을 찾아보자
어디선가 다가와
돌결, 살결, 숨결, 소릿결, 나뭇결, 물결……
의 주름을 펴는 저 명지바람
'흙'은 부풀 대로 부풀어 하늘과의 경계를 지우고 있어
아지랑이 지우개로

늙을수록 지평선 커지는 어느 봄날의 도서관
반백 살의 어린아이가
수없이 보아 온 책들의 낯섦 앞에서
캄캄하게 환한 갈피 사이에서
홀로 돌아 나오는 길을 잃네

침묵의 지진계
그 미세한 떨림도 모르는 채

언어로 가득한 주방

불과 칼을 함께 씁니다
절제의 저울과 계량 컵은 필수이지요
오늘의 요리는 '말라르메'입니다

재료: 이슬 한 스푼, 검은 공포 두 뿌리
　　　구름 한 덩이, 고름 두 덩이
　　　안개 한 장, 지루함 약간
　　　빗방울 흠뻑, 쾌감 충분히
　　　지저귐 큰 스푼 둘, 불안 넉넉히
이외에 말없음표, 감탄 부호의 향신료들

마음 그릇에 재료를 고루 섞어 곱게 갈아 주십시오
오랜 시간 뭉근한 불에서 익힙니다 표면 장력이 최대치
에 이르러
비등점이 되었을 때 불을 줄여 마디게 졸여 주십시오
재료가 눌어붙지 않도록 무심의 무쇠 솥을 써 주시고
극단의 방향으로 간간이 저어 주셔야 합니다
진한 '인생의 색'이 배어 나오기 시작하면
그대의 깊은 속에서 끄집어낸 혈흔과 깊은 한숨을 섞어
간을 맞추십시오

「목신의 오후」가 완성되었습니다

　잘 씹어 드시기 바랍니다 비밀의 글자들은 갈리지 않은 채

　여전히 남아 있을지 모르니까요

차디찬 고깃덩어리

양수리에 가다 보면
'두 근 반 세 근 반' 고깃집이 있어
두근거리며 당신을 기다리는
살덩이들이 있어
당신의 호명대로
허파며 간, 쓸개, 혓바닥, 뇌수에 핏물까지
아낌 없이 내어 줄 토막 난 몸뚱이
당신이 막힌 길을 뚫고
국도와 고속도로
번갈아 타며 달려오는 동안
감실 같은 진열대 안에서
혼마저 얼어붙을 냉동 창고 안에서
몇 날 며칠 숨죽인 채 기다려 온
날것의 시간들
드디어 당도한 당신이
식육의 허기를 애써 감추며
무언가 가리킬 때
십자가에 달리지 않고도
전신을 내어 드리는
크고 맑고 슬픈 눈동자가 있어

순하게 끔벅이는
보이지 않는 눈동자가 있어

만두

중국의 용문(龍門)에선
인간으로 만두를 빚었지
그곳의 만두 맛은 정말 특별해
한 번 맛보면 잊을 수 없지

인육을 구하는 건 쉽지 않지만
맛만 있다면 사람들은
먼 거리도 마다 않지
바람을 뚫고
모래를 뚫고
모자를 깊이 눌러쓴 채
제 발로 찾아오거든

그날은 별미의 만두가 나오는 날
자모검을 쓰는 주방장은 보이지 않고
새벽녘 나오는 푸짐한 만두 속엔
알 수 없는 재료가
찰지게 반죽돼 있다네

나는 만두를 좋아해

만두를 맛있게 먹는 모습
바라보는 걸 더 좋아해

사랑하는, 망설이는 널 끌고
용문으로 가야지
허기진 네게
인상 깊은 만두를 먹여야지
만두소처럼 나로 너를
온전히, 맛있게, 그득하게 채워야지

베이글 만들기

나의 얼굴, 팔, 다리, 심장을 대접하겠습니다

    늑골의 강력분
    땀과 눈물의 소금기
    숨결 효모
    수줍은 미소의 당분 약간
    칠 할인 체액을

뽑아 반죽한 뒤 바닥에 세게 내리쳐 주십시오
오장 육부 속에 자욱이 들어찬
업의 가스, 한 번으로 빠질 리 없으니
이차 발효 공정이 필요합니다
미농지처럼 얇고 투명해질 때까지
고작 반죽 덩어리인 나를
당신 마음에 들도록 성형하십시오
(이때도 끊임없이 내 몸을 때려 여분의 잡념을 몰아내
야 합니다)

    환골탈태의 과정이 끝났다고 해서
    그대에게 갈 수는 없습니다

예열된 오븐의 열기가 내 혼 깊은 곳까지 고루 스며야
하니까요

노릇하고 바삭하게 구워진 나

그래도 아직은 아닙니다
이때쯤 적당히 식혀 주십시오
너무 뜨거우면 피의 시럽 뿌릴 수 없으니
당신의 목이 멜 터이니

무뚝뚝한 껍질 뒤에 숨긴
무향(無香)의 다감한 속살
이제 그대만을 위해 내어 드립니다 기꺼이

곰국

그대 향해
굽은 등뼈
기고 기어 온 무릎
감추어 둔 꼬리까지
이제 그만 내어 주기로 한다
시원히 토막 내기로 한다
비린 핏물은 빼야지
부글거리던 속내도 거둬 내야지
징그러운 그리움일랑
아예 뭉그러질 때까지
더 이상 우려낼 무엇도 없어질 때까지
푹푹 고아
진하게
한 그릇 드려야지
엄살 없이
슬픔 한 점 없이
설마
나인 줄은 모르게
감쪽같이 뽀얘져서
고추 후추 듬뿍 뿌려

나인 듯 아닌 듯
자 드세요
곰처럼 미련했던 나의 평생으로 끓인
곰국입니다

절여진 슬픔

곤이젓, 창난젓, 아가미젓
저게 창자와 벌름거리던 숨구멍과
대구의 생식기였단 말이지
내 끊어진 애와
벙어리 가슴과
텅 빈 아기집도 들어내
한 말 굵은 소금에 절여 볼까
컴컴한 광 속에서
한 오백 년 푹 삭아 볼까
마늘, 생강, 고춧가루
듬뿍 뿌려 맛깔스레 무쳐 볼까
그대 혀끝에
올려진다면
그게 나인 줄도 모르고
삼켜진다면
그리운 그대 속내
알아보는 거야
원 없이 들여다보는 거야

그린티 아이스크림

달콤 쌉쌀함,
이게 나의 콘셉트야
짙은 안개와 경사진 언덕
사이에서 태어났지
큰 일교차의 변덕스러움과
채취 사흘 전 99퍼센트 햇빛 차단의
까다로운 공정을 거쳤어
느끼함을 좍 뺀 신선한 밀크와의 만남은
운명이자 필연

당신의 세련된 입맛을 위해
차가우나 부드러운
물론 끈적거리지 않는
먹을수록 자꾸 먹고 싶어지는
매혹적이나 그대 숨결 닿자마자 사라지는
그윽해도 끝까지 들켜 버리지 않는

그래 , 상큼하나 앙큼한
한없이 세심하게 음미해 줘야 하는
그린티 아이스크림 연인이지

칵테일

피냐콜라다
어느 날 너는 열대의 향으로 다가왔어

시실리언 키스
눈 감을지 뜰지 고민했던 그 여름

오르가슴
그러나 여전히 목말랐네 마실수록 갈증이었네

블루 먼데이
재즈의 리듬 속에 너를 던져 봐

그랑 블루
밑으로, 밑으로 더 내려가 솟구칠 수 없을 때까지

마르가리타
짜고 쓴 눈물의 맛 삼켜야 할 때도 있는 법

스네이크 바이트
결국 떠나갔어?

이젠 그의 허물 벗어 버리는 거야

네 바다
누란의 호수처럼 말라 버린 네 안의 바다
외짝 눈동자처럼 남아 있네

껍질

양들의 침묵, 그 미치광이
렉터 박사가 아니어도
피부는 모으고 싶지
퀼트처럼 조각조각 잇대어 보고 싶지
맘에 안 드는 얼굴은
깔아뭉갤 엉덩이로
분주했던 팔다리는
의연한 등판으로
냉정한 척하는 두피는
뜨거운 가슴으로
아니, 아예 여자를 남자로
천사를 악마로 바꾸어 보고 싶지
스무 살의 피부
마흔 살의 피부
오르가슴에 젖은 피부
고독의 소름 박힌 피부
때에 따라 적절히
갈아 붙이고도 싶지
늙은 피부는 얼마나 많은 사연을
능청스레 감췄는지

늘이고 늘여도 끝없이 늘어날걸
수줍은 창조주는 아니지만
이건 은밀하게 이루어져야 하는
거룩한 제사
태우는 대신 벗겨 내어
한 땀 한 땀 다시 새기는
피의 박음질
껍질만으로 잘도 속는
시력 나쁜 세상에게
멋지게 복수하는 일
아니, 아니
그냥 농담 거는 일

치한이 되고 싶은 봄밤

너의 이미지는
늘 봄밤이었어
그냥 보아 넘길 수 없었지
불 질러 버리고 싶었어
네 화사함 뒤의 불순함
네 향기 뒤의 악취를
그건 쉬운 일이었지
그만큼 어려운 일이기도 했어
정공법으로는 어림없는 일
너의 아킬레스건을
순식간에 도려내리라
뜻밖에도 급소는
곳곳에 있더군
그렇게 보였어
비수를 들이댈 때마다
스―윽 너는
그러나 너는
온몸이 수렁인 양
칼을 삼켰지
그래도 나는 다시

칼을 찔러 댔어
그러면 너는 다시
칼을 삼켜 버리는 거야
봄밤이었으니까

가을날의 피에로

살을 다 발라낸 물고기 한 마리
수조 속에 던져진다
주방장의 노련한 칼질에
뇌가 아직 살아 있는 그것이
푸른 쓸개도, 부레도 없는 그것이
분장이 얼룩진 피에로처럼
물속을 벌겋게 물들이며
헤엄치기 시작한다
탄성을 내뱉는 이들에게
싱싱한 회 한 접시 내어 드리고
대가리와 꼬리만 남은,
피 흘리는 화석 같은,
다 해진 물고기

코와 목에 연결된 여러 가닥의 줄, 한 끼분의 식사가
튜브 속으로 흘러가는 동안 틀니 뺀 노모의 입은 느리게
허공을 씹는다 말을 할 수도, 삼킬 수도 없는 입 눅눅하
고 두꺼운 공기 속을 빈틈 없이 채운 묵은내, 해마처럼
오그라든 몸 위 우멍한 두 눈, 부유물처럼 천정과 벽 사
이를 더듬다 진종일 켜 놓은 화면 위에 잠시 머문다 클로

즈업된 물고기의 헤엄이 서서히 잦아든다 늦가을 햇살의
꼬리가 창턱에 아직 남아 있다

쇠 침대

기억한다

뒤틀린 다리 죽기 전까지 부드러웠던
엉덩이의 곡선 반쪽이 함몰됐던 두개골의 형체
그가 떠나고 난 후
사라졌던 체온계를 침대 속에서 찾았다
아무도 모르게 침대는
스물네 시간 그의 체온을 재고 있었나 보다

그를 기억한다

햇빛에 널고, 두드려 빨고, 방향제를 뿌려 대도
그의 체취를 내어 주고 싶지 않았다, 쇠 침대는
(자궁인 양 그를 품고 있었던 수많은 날들)

필름이 거꾸로 감기듯
수족과 사고의 기능을 되돌려 그가
어린애로 돌아가는 동안
날로 줄어들던 몸뚱이
먹고 배설하고 잠들고 썩어 가며

소리 없는 울부짖음이 이어지는 동안

쇠 침대는 그와 한 몸뚱이가 되어 주었다

번다한 장례의 절차가 끝나고
그의 것들이 남김없이 불타 없어진 후에도
그림자 완강히 붙든 채 네 다리로 버티던 낡은 쇠 침대
(이쯤 되면 귀신이다)

바퀴 달린 쇠 침대가 어디론가 끌려간다

비눗방울

짐 설커스는 사망 후 2년 만에 자신의 아파트에서 미라로 발견되었다. 건강상의 이유로 복용하던 다량의 약물이 시신의 부패를 막았던 것이다. 정부에서 받는 장애 연금은 인터넷을 통해 은행 계좌에 자동 입금됐고 전기, 전화, 텔레비전 시청료 등은 인터넷을 통해 자동 지불되었다. 사이버 공간 속에서 그는 공과금을 꼬박꼬박 지불하는 착실한 망령으로 2년 동안 살아 있었던 것이다.

당신의 체취 없이도, 손길 없이도 난 당신과 황홀한 섹스를 하지 배신할 리 없고 병들 리 없는 늙지 않을 애인 클릭 한 번이면 무엇이든 될 수 있고 무엇이든 얻을 수 있어 흑마법사, 연금술사, 궁수, 도둑, 왕…… 수없이 많은 내가 수없이 많은 얘기의 주인공이 되는 거야 블로그 속 내 방은 마법의 양탄자 북극과 열대 사이, 대서양과 지중해를 순식간에 횡단하지 사라진 도도새와 놀다가 마이아사우루스의 등에 올라타기도 해 친구? 이름? 쓸데없는 일 클릭 한 번이면 그뿐 비눗방울 속의 세상, 중력 없는 백색 가루의 세상 그러나 판타지도 때론 지루해지는 법 그런 날이면 충직한 마우스에서 손을 떼고 가벼이, 방울이 터지듯 사라지는 거야 없었던 나인 채로 물론 악취도 소음도 없이……

당 르 누아르*

어둠 속에선 누구나 알몸이 되나 보다
구석구석 붙어 있던 주머니들 사라지나 보다
눈과 함께 코도, 입도, 귀도 떼어져
새로운 더듬이가 자라나 보다
원시의 시력 되찾은 시선의 줄기들 벋어나고
소리 뒤의 소리 모이는 귓바퀴 넓어지고
구순기의 혀로 무엇이든 말랑하게 핥아 대고
동굴 속의 흰 지네만큼 수많아진 손, 발이
숨어 있는 것들과 섬세히 만나
두근거리는 하나가 되나 보다
아니, 온몸으로 최초의 긴 탯줄이 되어
조용하고 맛있게
만물을 삼키나 보다, 숨 쉬나 보다, 뿜어내나 보다

* 캉캉푸아 거리에는 한 점의 불빛도 허용되지 않는 '암흑 식당'이
  있다. 이곳에선 시각 장애인 웨이터들의 안내를 받아 비장애인들이
  장애자가 되어 식사를 즐긴다. 열흘 전에 예약을 해야 할 정도로 성
  업 중이란다.

기린

무릎 꿇는 법이 없어, 그는
아무리 허기가 져도
아니, 허기가 질수록
머리 숙이지 않고
높이 쳐든 목으로
구름만 조금씩 떼어 먹지
무리 짓지 않고
덫에 걸리지 않는 그의 가계엔
뭉게구름이 더러 섞여 있는지도 모를 일
때로 하늘의 일을 엿보는
그의 수준 높은 유머를 알아듣는 자는 없을걸
마음으로 전하는 소리 없는 말을
그런 그에게도 곤혹스러움은 있어
높은 다리를 낮게 벌려
채워야 하는 땅 위의 목마름
그러나 그의 표정은 아득해
무엇이든 눈 아래로 보지
장고의 바둑을 두듯
느리고 넓은 보폭으로
짝짓기 현장을 들키는 법도 없이

허공이 침상인 그가
화석처럼 오만한 그가

이상하지
내게는 하늘 아래 가장 낮은 자로 보여
늘 홀로인 냉이꽃으로 보여

바다로 가득 찬 책*

네가 한 권의 책이라면 이러할 것이네
첫 장을 넘기자마자 출렁, 범람하는 물
너를 쓰다듬을 때마다 나는 자꾸 깎이네
점점 넓어지는 틈 속으로
무심히 드나드는 너의 체온에
나는 녹았다 얼기를 되풀이하네
모래펄에 멈춰 서서 해연을 향해 보내는 나의 음파는
대륙붕을 벗어나지 못하고
수취인 불명의 편지처럼 매번 되돌아올 뿐이네
네가 베푸는 부력은 뜨는 것이 아니라
물밑을 향해 가는 힘
자주 피워 올리는 몽롱함 앞에서 나는 늘 눈이 머네
붉은 산호(珊瑚)들의 심장 곁을 지나
물풀의 부드러운 융털 돌기 만나면
나비고기인 듯 잠시 잠에도 취해 보고
구름의 날개 가진 승새처럼
너의 진동에 나를 맡겨도 보네
운이 좋은 날,
네 가장 깊고 부드러운 저장고, 청니(靑泥)에 닿으면
해골들의 헤벌어진 입이 나를 맞기도 하네만

썩을수록 빛나는 유골 앞에서도
멈추지 않는 너의 너울거림
그 멀미의 진앙지를 찾아 그리하여
페이지를 펼치고 펼치는 것이네, 그러나
너라는 마지막 장을 덮을 즈음
나는 보네, 보지 못하네
네, 혹은 내 혼돈의 해저 언덕을 방황하는
홑겹의 환어(幻魚) 지느러미

* 라니 마에스트로(Lani Maestro)의 사진집 제목.

그린다는 것

그린다는 것은 죽인다는 것
라스코 동굴 벽의 화살 꽂힌 들소처럼
그러니 난 널 그릴 수가 없어
아니, 그 려 야 해
속 속 들 이, 남 김 없 이

꿈의 암호 새겨진 전두엽
신의 지문 찍힌 측두엽
타악기인 심장과 냉정한 쓸개
구구절절 미로의 긴 창자까지……

그릴수록 너는 점점 모호해져, 낯설어져
나의 붓은, 붓인 나는
되려 지우개였나 봐
물이었나 봐
불이었나 봐

그린다는 것은 지운다는 것
멈출 때를 놓쳐 버린
그치지 않는 붓질 아래서

너는 어스름 한 덩이
안개의 화석으로 변해 갈 뿐이지

마젠타

내 몸의 피를 조금씩 뽑아, 알뜰히 모아
당신을 칠해 드릴게요

흰 자위가 푸른 당신의 눈동자와 눈동자 속의 나
완고한 이마와 굳게 다문 입술
검은 옷자락 뒤 성실한 심장과
그 안의 헤아릴 수 없는 웅덩이까지

속속들이 당신이 붉어지는 동안
나는 점점 바래 가겠지요

진흙 속살의 얼굴이 되어
당신은 웃는군요, 우는군요 눈썹 가득 핏방울을 달고

경계가 뭉개지는 이,목,구,비
빨라지는 박동 수 따라
등신불인 양 끓어오르는 몸뚱이
벌어진 입술 사이로 마그마처럼 흘러내리는 숨결⋯⋯

한 방울의 피도 남아 있지 않은 나는

타오르는 당신 곁에서 이제야 편안한 재입니다
미안……합니다

화이트

거짓말이지?

순백의 드레스, 빳빳이 갈아 끼운 홑청, 미모사 향내
나는 내의, 공(空)의 책
불가해한 너의 차가움……

빨 주 노 초 파 남 보
어지러운 네 속내 층층의 빛깔들

초승달이빨고양이가 초승달 아래에서 이빨 감추듯
미사포 속에서 당골네 숨 쉬기
고해소 안에서 인공 눈물 넣기
침묵 뒤에 복화술로 떠들기

바라볼수록 눈멀게 만드는 네게
돋보기 들이댈까?
분광기로 네 빛의 갈기 갈가리 갈라놓을까?

아니, 아니 모두 합쳐
검게, 까맣게, 캄캄하게 만들어 버릴까

블랙

어림없지
내게로 오는 것
다가와 내 문을 여는 것
들어와 겹겹의 방을 지나는 것
숨은 서랍을 찾아내는 것
몸보다 무거운 자물쇠 쥐어 보는 것
요철 무늬 네 몸에 새겨 열쇠가 되는 것
어쩌다 맞물린 네가 날 풀었다 믿는 것
캄캄해, 캄캄해 열어젖힌 내 안에
수없는 내가 있는 것
마트로시카처럼 그게 다 껍질뿐인 거
마침내 알아내는 것
어림없지
어림도 없지

회색이란

낮도 밤도 아니군
시작도 끝도 아니군
암컷도 수컷도
애도 어른도
천사도 악마도
백지도 먹지도
날개도 편자도
꿈도 실제도
진실도 거짓도
차안도 피안도
소음도 침묵도
무덤도 자궁도
뱀도 비둘기도
태양도 명왕성도
빙하도 뻘도
물도 불도
이군
다 이군
뭉게구름처럼
나처럼
별것도 아니군

너의 이름

나 그럴 거야
가슴 한복판 맨살에
너의 이름 튼튼히 박음질하고
정오의 거리를 활보할 거야
날아오는 돌팔매질
피하지 않고
고개 숙이지 않고
다 받아 낼 거야
피비린내쯤 아랑곳없이
향기인 양 철철 흘리며 쏘다닐 거야
찢어지고 닳은 질겨 빠진 살가죽 위에
적갈색 글자만 선연히 남아
지옥도의 낙관으로 남을 때까지
아무도 네 이름
뭉개지 못할 때까지

야생 보호 구역

나마스테,
내 안의 황야에게
황야의 굶주린 맹수에게
맹수의 발톱에게
피 흘리는 옆구리에게
옆구리에서 자라나는 가시에게
가시뿐인 덤불에게
덤불을 키우는 바람에게

침묵의 동굴에서 낮게 으르렁거리는
어떤 사육사로도 길들여지지 않는
태양을 삼켜 버린 달처럼 빛나는
홀로인 야수
야수인 예수에게
합장,

하짓날 하오 세시

어눌한 낮달과 갈기를 세운 태양

조금도 자라지 않는 귀면각과 금 간 청동 흉상

고가 사다리 위로 분주히 오르는 이삿짐과 조용히 내려
오는 검은 관

그사이

눈뜬 백일몽 속에서

처녀막이 살아 있는 폐경기의 여자처럼

안절부절
우왕좌왕
지리멸렬
전전긍긍
우두망찰
갈팡질팡

피어싱

아홉 개의 구멍이 모자랐어요
부패한 내장의 밍크 고래가 폭발하듯
나를 폭파시킬 수 있었다면 그리했을 거예요

콧방울, 혓바닥, 유두, 배꼽, 은밀한 그곳까지
바벨의 뇌관을 박는 거지요
하늘에, 땅에, 당신의 심장에 총구를 겨누는 대신

거추장스러운 몸뚱이에 거추장스러움을 더하는 일
(부정의 부정을 하면 긍정이라 당신이 말했지요, 이상
한 문법)

무엇이든 뚫고 싶었어요
답답한 도시, 답답한 공기, 답답한 사랑, 답답한 당신
들……

갈라진 혀로 조금씩 피 흘리며
껌 씹기, 침 뱉기, 사탕 빨기, 키스하기……
짜릿한 아픔이 퍼질 때마다 살아 있는 나를 느끼는 거죠

반짝이며, 잘랑이며, 아슬아슬하게 팽팽해져
이 거리를 활보할 거예요
부딪히는 것마다 터뜨릴 거예요

지루한건정말참을수없거든요

뚫어 보실래요, 당신?

달거리가 끝난 봄에는

머리부터 발끝까지
두근거리는 자궁이 되는 거야
중년의 처녀막*
기꺼이 찢어 내고
아지랑이의 젖물
보얗게 채우는 거야
부푼 아기집 속에
내가 들어가
다시 태어나는 거야, 무럭무럭 자라는 거야
비늘로, 날개로, 메아리로, 그림자로, 천둥으로……

혼자서도 울리는
북이 되는 거야
금 화살 같은 햇살에
골반을 파고드는 소소리바람에
물고기의 혼인색에
위아래 뻥 뚫리고도 모자라
자꾸자꾸 숭숭
구멍 뚫리는 거야

그물코 없는 그물이 되는 거야
무엇이 걸리고
무엇이 빠져 나가든
내버려 두는 거야, 이 봄엔

* 레이몽 크노의 시구에서 인용.

연애에 대한 기억

나는 공간 감각이 없었구요
그 앤 평형 감각이 없었어요

우린 약속을 했지만

그 앤 내게로 오는 동안
자주 멀미를 일으켰고
난 그 애에게 가는 동안
자주 길을 잃었어요

....

그 앤 평형 감각이 없었구요
내겐 공간 감각이 없었어요

우린 여전히 오고 가는 길 위에 있어요

눈 가린 술래들처럼

미약 제조법

냄새를 보여 드리지요
후각을 잃은 그대에게
치명적 향기의 레서피를

당신이 사랑하는 사향 고양이 항문 냄새
손목에서 흘리는 피 냄새
더러우면서 깨끗한 척하는 버섯 냄새
(질펀한 섹스 후의 냄새를 닮았죠)
아무도 범하지 못한 새벽 거미줄 냄새
고래의 토사물인 용연향을 잊지 말아야 해요
(그대의 심연을 위해)
다락방 곰팡이 냄새
(냄새의 스펙트럼을 위한 것)
범죄의 냄새를 첨가하느냐 마느냐는
전적으로 당신의 취향입니다

누구나 갖고 있지요, 마녀의 솥단지는
그러나 깊숙한 체모의 습도계와 심장의 저울이 필요합
니다
어느 것도 정해진 양을 넘어서는 안 되니까요

악취와 향내가 싸우지 않도록 (그게 그거지만)
냉정히 배합한 후…… 기다리는 겁니다

일식과 월식이 한꺼번에 일어나는 날
금성과 해왕성이 맞부딪치는 골목에서
우울의 파장이 같은 누군가 다가와
당신을 무장해제시킬 때까지

연애

네가 목도리였으면 좋겠어
양말이라도 좋아
아니, 도마뱀이어도 좋아
아침마다 먹는 사과
혹은 진공 청소기
안경도 멋있을 거야

네 눈으로 내가 보는 거
널 칭칭 감고 다니는 거
하루 종일 널 신고 사뿐사뿐
내 목을 은근히 조르기
내 마음대로 키우는 거
갈아 먹어도 시원찮을 너지만
먼지처럼 무게 없이
네 속에 웅크리는 거

아무래도 좋아
어디나 넌데
무어든 난데
그런데

연애할 시간이
없네

고무장갑

너는
파충류의 영(靈)을 가졌다
탈피 후에도
줄지도 늘지도 않는다
하루에도 수십 번
네 속을 드나든다
불륜은 용감한 법
너와 만날 때
나는 가장 뻔뻔해져
어디든 가리지 않는다
욕실이든 주방이든
이목구비 지워진 얼굴처럼
지문 없는 손가락으로 버무리는
가면의 시간들

백주에도
붉디붉은 손이다, 욕망이다
너는

벨트

벨트를 사 주었어
당신은 하고 많은 선물 중에
하필 벨트를 고르더군
그게 어떤 의미인지도 모르면서
그럴 의도는 아니었지만
별수 없이 당신을 끌고 다녔어, 진종일
두 번째 구멍은 너무 헐겁고
세 번째 구멍은 너무 조이는 당신
그러고 보니 난 그대에게
딱 맞는 것도 아니었는데
잠들기 전 당신은 날
풀어 버린다고 생각하겠지만
천만에
당신은 내 손아귀에
점점 길들여지고 있어
부드럽고 은근하게 그러나 집요하게
어느 날 거울 앞에서
멀뚱히 알몸뚱이를 보게 된 당신
뱀처럼 똬리 튼 나를, 나의 흔적을
그게 진짜인 나를

함몰되어 가는 당신의 중심부를
알아차릴 수나 있을는지
나 없이는 허전하고 불안해서
한 발짝도 떼어 놓을 수 없게 되었음을
깨닫기나 할는지

고리

고리 없이는 한 순간도 살 수가 없다

귀걸이
열쇠
휴대폰
반지
벨트……
고리다
고리투성이다
결혼도 고리
애인도 고리
아이도 물론 고리
알면서 자꾸자꾸
고리를 만든다
불안함과 허전함의 고리들
죽음도 고리일까
그 어떤
자루 없는 도끼가 있어
질기고 긴
사슬 한가운데

탁

내리치기 전까진

쇠사슬을 차고 춤추어야 하리*

* 니체의 『차라투스트라는 이렇게 말했다』 중에서.

저녁 어스름처럼 스며든

너
누구니?
육체도 없이 영혼만으로
어스름처럼 스며든
너 누구니?

입을 열면 말 없는 네 말이
눈을 뜨면 눈 없는 네 눈빛이
내게서 흘러나온다

널 탐한 적 없는데
삼킨 적 더욱 없는데
치명적인, 치사량의 네가
날 숨쉬는구나

천사이며 창녀인
날개이며 갑옷인
음악이며 토사물인
거짓이며 진실인
끔찍하고 깜찍한

그래, 한 입으로 두말하게 만드는
너,
정말 누구니?

마네킹

고향이 없다
여우도 죽을 땐
고향 쪽으로 머리를 둔다는데
둘 곳 없는
머리통이 난감하다
대도시는 고향이 아니다
흙의 정서가 없는
나의 열등감
마네킹의 고향은 어디일까

'머리 없이 여기에 잠들다'

그와 나의 묘비명을 뒤바꾼다 해도
할 말이 없다

웨딩드레스를 입고 있는 마네킹
모피를 걸친 마네킹
비키니를 입은 마네킹

고향이 없다

누울 곳이 없다
쓰레기를 베고
토막나리라

고슴도치

내 코는 가시가 아니오
내 유방은 가시가 아니오
내 음모는 가시가 아니오
내 손톱은
이빨은
머리카락은
더 이상 가시가 아니오
한때 내 별명은
고슴도치였소
그러나 이제
몸 밖의 가시가
다 사라졌소
닳고 닳아
뭉개졌는지도 모르오
아니,
누군가 못을 박아 넣은 것처럼
언제부턴가 가시들이
내 안에 들어와
촘촘히 박혀 있소
내면의 가시들

시시때때로
내가 나를 찌른다오
내출혈의
나날들
나는
고슴도치가 아니오
고슴도치에게는
부정의 문법이 없소

열두 개의 회색 벨벳 양복으로 남은 사내

——에릭 사티를 위하여

망가진 피아노, 구석구석 거미줄, 낡은 일인용 침대, 입다 남은 회색 양복들, 그리고 불타고 있는 당신의 피부, 아니 악보들

「바싹 마른 태아」, 「한 마리 개를 위한 물렁물렁한 진짜 전주곡」, 「지긋지긋한 고상한 왈츠」, 「나는 너를 원해」, 「차가운 작품들」, 「짐노페디」, 「그노시엔느」……

당신의 수줍은 미소처럼 오그라드는 오선지 위 붉은 전언, 뒤늦게 읽습니다
"놀라움을 지니고"
"혀끝으로"
"이 아픈 꾀꼬리같이"
"잠시 홀로 되기"
"마음을 열고"

청순하고 음란한, 어린이며 어른인, 당당하나 불안한 관능과 뒤섞인 그레고리언 성가, 서서히 선율의 독이 퍼지는군요…… 깊고 오랜 잠 속 미궁으로의 여행, 당신과 나의 불편한 사랑이 그렇듯 마딧줄도 없이, 도입부도 종

결부도 없이, 결코 끝나지 않을 정적의 노래 속으로……
사라지는 당신

  쏟아지는 빗속, 옆구리에 우산 낀 채 홀로 비를 맞던
당신,
  의 방, 아무도 들어가 본 적 없는 그 방에 나 이제 들
어갑니다
  신의 술잔에서 흘러 넘치는 안개 자욱합니다

에스컬레이터

어두운 영혼들이 서성거리는
지하철 역
에스컬레이터를 오르다 보면
거대한 그리마
부지런히 가고 있어
쉴 새 없이 움직이는 다리들

얼마나 빨리 가고 싶었으면
저렇게 무수한 다리가 달렸을까
기고 기어 오르는
욕망의 철제 계단

접고 접어도
끝없이 음산한 오르막길

가슴을
옆구리를
허벅지를 뚫고
자꾸자꾸 불어나는 다리들
머리 없는 그리마의
검은 그림자

미아

　나이를 알 수 없는 여아로서 작고 마른 편으로 오른쪽 무릎에 불가사리 모양의 흉터가 있습니다. 무슨 색 옷을 입고 언제 사라졌는지 알지 못하나 서툰 솜씨로 기운 봉제 인형을 끼고 있을 것이 틀림없습니다. 여간해선 입을 열지 않습니다만 말할 수 없는 것들에게 말 거는 이상한 버릇이 있습니다. 글자를 갓 배워 닥치는 대로 쓰는 습관이 있으므로 아이의 몸 구석구석 문신처럼 새겨진 글자들을 볼 수 있을 것입니다. 아이가 부르는 이름은 호적에 등재되지 않은 제 동생의 것으로 조회하셔도 별 소용이 없습니다. 고무줄 놀이를 하지 않으며 달나라 별나라의 법칙을 모르는 그러나, 얼핏 또렷해 보일 수도 있는 아이의 눈을 믿지 마십시오. 그 애가 보는 곳은 늘 세상 밖이니까요. 이 아이의 거처를 알고 계신 분은 수백 개의 계단이 끝나는 곳, 라일락 향기가 썩어 가는 연못의 악취를 뒤덮고 있는, 송가와 망령들의 영가가 함께 울리는, 대낮에도 어둠이 고여 있는, 눈먼 고양이가 대문을 지키는, 금 간 담벼락을 담쟁이가 간신히 붙들고 있는 녹슨 청동 대문 집으로 연락 주시기 바랍니다. 후하게 보상해 드릴 수는 없으나 기꺼이 이 아이를 드리겠습니다.

다몽증(多夢症)
— 몸

빨래들 수북하다
수돗물 나오지 않다
녹슨 물 변기에 가득하다
내려가지 않다
마른 옷들에 비누칠하다
몸 뜨거워지다
문지른 건 빨래 아닌 살덩이
집을 나서다
원색의 옷 입은 사람들
서로 바라보지 않다
햇살 환하다
살 껍질 꾸덕꾸덕 말라 가다
광장 한가운데 서다
누군가 어깨를 툭 치고 가다
한순간에
퍼즐의 몸 흩어지다
조각난 머리, 젖가슴, 허벅지, 무릎뼈가
밟히다, 짓밟히다

난지도

내 안의 식물 도감이라 쓰고 지운다
내 안의 박물관이라 쓰고 지운다
내 안의 유곽, 내 안의 감실, 내 안의 툰드라, 내 안의
열대, 내 안의 마그마, 내 안의 폼페이……

깊은 호흡을 하면 병든 장기가 보인다 했다
심안(心眼)으로 쓰다듬어 쓸개를 다스릴 수 있다 했다

그럴 수 있을까
미혹의 소금 기둥 녹일 수 있을까
홍등의 심장으로 백야를 건널 수 있을까
빙하의 꽃 피어날까
돌가루 박힌 눈동자로 널 찾을 수 있을까

난지도는 이제 예전의 난지도가 아니라지만
향내에 섞여 때로는 악취도 불어오는 것이다
여전히

데자뷔

그를 본 순간,
사라지는 거리의 소음
속도감 없이 빠져드는
아득함
백 년에 한 번 쓸린
비단에 돌산이 닳는다는
겁(劫)의 한가운데
함께였던 생생함

　　　그런 골목이 있었지
　　　풍경이 탈색되는
　　　적요의 대낮
　　　어린 내가 튀어나오던
　　　깊은 모서리

우리는 뚫어지게 응시한다, 서로의
눈부처 속에서
나인 너를
너인 나를
오래고 짧은 찰나(刹那)

그리고……
다른 방향에서 다가오는
각자의 연인을 향해
등을 돌렸네
한 번의
뒤돌아봄도 없이

염(殮)

죽음으로
다 씻은 거 아닌가요
맹물로도 모자라 당신은
약물로 나를
씻고 또 씻기는군요
내가 마치 오물 덩어리인 듯

죽음으로
다 벗은 거 아닌가요
그 거친 천으로 당신은
나를 싸고 또 싸는군요
한 점의 맨살이라도
드러날까 두려운 듯

이리 깨끗하게
이리 많은 옷을 껴입고
신방에 든 신부처럼
눈 곱게 내리깔고
숨도 못 쉬는 채

나는 누굴 또
맞아야 한답니까
얼마나 기다려야 한답니까

씻김굿

눈꺼풀 없는 뱀의 눈으로
달을 마시네
더운 피와 뒤섞여
핏줄 따라 진동하는 이지러진 달빛
온몸에 날아와 박히는 뭇별들
혼을 흔드는 회리바람 속
작두에 올라선 맨발의 춤이 시작되네
서서히, 빠르게, 점점 빠르게
따라 흔들리는 서낭대
삼도천(三途川)의 깊은 여울이 휘돌아 가네
넋당석의 뱃전이 기우네
솟는 물기둥 너머 허공 향해 오르는
이목구비 없는 얼굴들
묶어 세운 망자 옷에
정성스레 빗질하는 쑥향의 청계수

피할 때마다 되잡혀
걸린 곳 없는 외줄 위에서
양날의 검(劍) 다시 쥐는 밤
알몸 가릴 수 없는

태양의 상복(喪服)을 입고
길을 닦네
길을 닦네
이승과 저승 사이
먹구름의 살점 뭉텅 베어 내며
천지 가득 고요한 울부짖음
한 몸에 감싸 드네

울음

닭의 해 닭의 달 닭의 날 닭의 시
신검(神劍)의 때다

칼이다, 닭은
높고 긴 울음의 서슬로
밤을 쳐낸다

울대 없는 닭처럼 살아왔다

수만 겹의 주름으로 웅크린
날들의 양식은
낮과 밤의 어두움

무한으로 이어진 날개
이 순간을 위해
비상을 감춰 온 듯이
이때를 놓치면
아예 꺾일 듯이

너는 죽지에 파묻혀 벼르고 있다

한 터럭의 솜털조차
극단의 벗처럼
푸들거리며 세우고

울어라,
멈춰 버린 네 안의 녹슨 태엽
크게 토해 내는

너는
닭띠

빅 브라더

아침 여섯 시
알람이 울리기 시작한다
간밤의 꿈은 어지러웠다
기지개를 켠다

　　　　　　　　　　──누군가 보고 있다

입 안이 깔깔하다
시리얼로 아침을 때우고 화장실로 향한다

　　　　　　　　　　──누군가 보고 있다

어김없는 변비
명보다 빨리 죽는다면 이놈의 변비 때문일 거야
중얼거리며 신문을 펴 든다
눈길을 끄는 기사가 없다
용변 보기에 실패한 후 샤워기의 물을 튼다

　　　　　　　　　　──누군가 보고 있다

타월로 몸을 닦으며 타인을 바라보듯 거울 속의 나신을
훑어본다

　　　　　　　　　　──누군가 보고 있다

러시아워의 혼잡을 뚫고 회사에 도착,
끊임없이 돌아가는 컨베이어 벨트 앞에서
그는 하나의 부속품이 된다

　　　　　　　　　　──누군가 보고 있다

집에 돌아와 멍하니 소파에 기대 앉는다
허기와 식욕은 비례하지 않는다
텔레비전을 켠다
빅 브라더가 방송되고 있다
24시간 실시간 생중계

놈을 향해 리모콘을 던진다
벽을 향해 격렬한 수음을 한다
킬킬거리는 환청의 웃음소리

　　　　　　　　　　——누군가 보고 있다

얼굴 작동 부호화 시스템*

눈둘레근을 움직여 주십시오
당신의 가짜 웃음이 드러나기 전에
눈썹은 내리고
윗눈꺼풀은 올리고
입술을 밀착시키십시오
깊은 슬픔과 고뇌
매력적인 표정이지요
윗입술콧방울올림근일랑
조심해서 사용하셔야 합니다
혐오가 들켜 버리니까요
이마근 내측부와 외측부
입술을 잡아 늘이는 입꼬리당김근도
가끔 써 줄 필요가 있습니다
공포에 찬 그대 얼굴은
보호 본능을 자극한답니다
의도하지 않아도 지어내는 표정은
당신마저 감쪽같이 속여
어수룩한 심장을 박동수 12~14회로 올리고
손도 따뜻이 데울 것입니다
시도 때도 없이

불퉁거리던

당신의 이목구비

이제

때와 장소에 맞춰 관리하시기 바랍니다

* 비언어 의사 소통 전문가 폴 에크먼은 『얼굴의 심리학』에서 얼굴의
움직임을 체계적으로 묘사한 얼굴 지도와 1978년 '얼굴 움직 해독법
(Facial Action Coding System)'이라는 이론을 만들었다. 이 시스템은
FBI, CIA 같은 기관이나 '웃음 치료법' 등에서 다양하게 이용되고
있다.

방 한 칸

초음파 사진 속의
차고 습한 방
음지 식물조차 키울 수 없어
철거 딱지가 붙은 방

헌 가구를 들어내듯
가볍게 들어내었다
그녀의 배꼽을 통해
마술처럼 사라졌다
(놀라운 의술의 발달)

오래전
그녀가 누웠다 빠져나온 방
그를 품어 사람 꼴로 내보낸 방
죽은 아이들이 때때로 찾아와
옹알이하던 방
언젠가 그녀가
다시 들어가 누울 방
달마다 따뜻한 피로 씻어 내던
방 한 칸

이 가뭇없이 사라졌다

방 밖으로 밀려난 그녀가
눈 깜짝할 새
돌계집이 된 사이

어떤 하루

무엇도
기다리지 않고
무엇에도
사로잡히지 않은 채
홀로
하루를 보낸다
설렘 없이
울렁증 없이
슬픔 없이
그저 담배 한 개비를 피워 물 뿐이다
그런 마음이다
견디는 바 없이 보내는
이런 드문 하루는
가볍고 가볍다
내가 나에게 주는
선물
가을이
눈동자만큼 깊다
아침이었는데
벌써

저녁이다

하루살이들은 다 어디로 갔을까

덩굴손

머리도 없다
가슴도 없다
발도 없다
물론 오장 육부도
영혼도 없다

오직 하나뿐

손!

벽을 넘어뜨리며 죽으리라

선물

성당 옆을 걸어가다
새똥을 머리에 맞았다
희고
물큰하고
따스한 것
똥 누기와 날아가기를
동시에
수직과 수평을
저리 가벼이
이루어 내다니!

똥벼락
똥세례
나는 그것을
선물로 받아들였다

다몽증(多夢症)

—집

이상한 일이야
말라 죽은 대추나무 사방에 번데, 집을 에워싸데

참 이상한 일이야
무너지는 축대 위로 어린 붉은귀거북 피 흘리며 기어
가데

발정난 암고양이 밤 울음 속에 새끼 쥐 연이어 태어나
는 것
정말 모를 일

거미줄의 베일 뒤
꺼진 촛불의 제단 아래 명부로부터 흘러온 바람의 낮은
기도 소리
울려오는 거야, 끊임없이

날마다 허무는 집 속에선

비

비는 비(悲)다
내 안에서 자주 범람하는

비는 비(非)다
한 남자를 사선으로 지워 버리는

물의 박음질인걸
따로 따로였던 머리와 가슴, 몸통과 다리 하나로 엮어
주는

무엇보다 비는 타악기인 거지

늘어진 가죽 자루처럼 살아온 내게
물의 채를 들고 다가와
늑골 팽팽히 당겨 두드려 대니

붉으락푸르락

산 자와 죽은 자 사이에서
요설과 여백 사이에서
날개와 나무 사이에서
마더와 마돈나 사이에서
천재와 천치 사이에서
야수와 예수 사이에서
알바트로스와 아메바 사이에서
전위와 전통 사이에서
백야와 흑야 사이에서
열애와 실연 사이에서
아이와 어른 사이에서
허공과 바닥 사이에서
시인과 사람 사이에서
오도 가도
못하는
채

이별

이별을 천천히 발음하자
이, 별이 되었다
이, 별에서
저, 별로
건너갔을 뿐이다
그리니치 자오선의 시간에서
시간 없는 시간으로
공간 없는 공간으로
돌려놓았을 뿐이다
먼지와 동갑내기가
된다는 것
중력에서 조금
벗어난다는 것
영혼의 처녀막이
찢어진다는 것
망각의 지우개가 생긴다는 것
A.D.에서 B.C.로
바뀐다는 것
태어나기 전으로
되돌아간다는 것
뿐이다

검은방울새

오래도록 잊고 있었던
검은방울새

틴벨의 주파수처럼
내 귀에만 들리던
검은방울새

오백 통의 편지를 쓰게 하던
검은방울새

말마다 음표를 달게 하던
검은방울새

밤의 적막이 깃털이던
검은방울새

새벽마다 가위눌리게 하던
검은방울새

내 출생을 의심케 하던

검은방울새

나에 대한 살의로 부르르 떨게 하던
검은방울새

그리하여 날 배신케 했던
검은방울새

아이가 떨어져 죽은
불 꺼진 엘리베이터 속에
갇히게 된 날
절벽을 절감한 날 떠오른
검은방울새

새장 속에선
날개가 퇴화된다는 것도 모르는
검은방울새

너무나 조용한 소풍

한 떼의 아이들이 몰려온다
기이하게 고요한

다만
일그러지고 환한 웃음들
비척이며 즐거운 걸음들

뇌성마비
다운증후군
자폐아
소아마비
서로 팔짱을 끼고
어깨를 두르고
온몸 비틀며
조용히
활기차게

반은 춥고
반은 따뜻한
이율배반의

그러나 어쨌든 화사한
봄날,

잠꼬대

낮이면
아무 말도 하지 않는 그녀는
꿈속에서만
중얼댑니다

대답하는 이 없지만
말 막는 자도 없어서
깔깔거리기도 하고
때론 울부짖기도 하면서
잠 속의 말은
밤새도록 그녀를 끌고 다니지요
몽유병자를 움직이는 힘처럼

다시 아침이 오면
말문이 닫히는
그녀의 화법

아무도 그녀에게
"안개와 얘기한 거야?"
"유령과 얘기한 거야?"

물을 일도
없겠지요

돌계집

돌에 입을 맞추었다

돌에 심장이라도 있는 것처럼
손을 대 보았다

그리고 돌에 말을 건넸다
묵묵부답이었지만

그랬더니
그랬더니

너 돌계집이지

뭉게구름

당연, 달콤했죠
말랑거렸구요
보드라웠어요
발라낼 것도, 씹을 것도 없이
한아름이었는데
환상적이게 끈적했는데
눈앞을 다 가렸는데
무언가 먹긴 먹었는데……

이상하죠
왜 자꾸 배가 고프죠?

나의, 나의 것도 아닌

　스무 살 손목을 그었던 면도날, 나누어 가졌던 서표(書標), 부치지 못한 수백 통의 편지, 열세 권의 일기, 죽은 아이의 배냇저고리, 말라붙은 탯줄, 지붕에 오르지 못한 젖니, 나의 처녀 시집 『고양이 힘줄로 만든 하프』, 마태오 성당의 첫 영성체 미사포, 홀로 쓴 유서, 고비의 돌들……

　어, 내가 들어가 누울 자리가 없네
　다 들어내고
　나마저 들어내고
　천천히 썩어 가는 건 참을 수 없어
　활활 타오르는 소지(燒紙)의 재처럼
　고비를 넘어오는 모래 입자처럼
　고와지기, 가벼워지기,
　흔적 없이 스며들기

보름달

나는 너무 오래 살았다
이제 낡은 몸을
바꿔야겠다
그동안 나는
죽은 나를
끌고 다녔다
하느님을 낙태시키고
천사의 무리들을
제거했다
여름 초저녁이다
보름달이 떴다
황홀한 울렁증을 겪으며
다시 수태를 꿈꿔야겠다
신비로운 밤의 분만실로 가
만삭의 몸을 뉘어야겠다
늙지 않을 나를
아무도 모르게
낳아야겠다
어미도 아비도
나인 나를.

렉터 박사, 외과 수술, 아니 식사

서동욱

1 고기가 흘러내리는 인간

직립 보행을 하지 못하는 인류를 보았는가? 척추가 없어서, 옷걸이에서 흘러내리는 외투 같은 사람은? 흘러내리다 못해 콧물이나 가래처럼 바닥에 고여 있는 인간은? 아니면 껌으로 만든 사람을 본 적이 있으신지? 스핑크스처럼 창백하기 짝이 없는 고대의 멋진 석재 색깔을 가지고 있지만, 한 번 밟아 버리면 그야말로 납작하게 보도블록 위의 '껌'이 된다. 그놈의 척추가 없어서리…….

직립 보행은 얼굴을 들게 만들어 시선을 해방시키고 바닥을 짚지 않아도 되는 손의 신축 기능을 발달시켰다. 척추를 들게 되면서 우연히 얼굴과 손이 만나자 그 절묘한

균형 속에서 탄생한 것이 바로 글쓰기다. 시선을 통해 글을 읽고, 또 손으로 쓸 수 있게 된 것이다. 예외 없이 글쓰기라는 욕조 속에서 허우적대고 있는 시인들이란, 생명이 직립 보행이라는 파도, 항구적이지도 않고 길지도 않을 파도를 잠시 갈아타고 있는 동안 그 물살에서 우연히 생겨나 아주 잠깐 동안 반짝이는 물거품 같은 것이다. 글쓰기라는 것은 생명이 척추를 들게 된, 우주 시간으로 치면 빛이 눈으로 들어와 눈꺼풀이 자동적으로 내려가는 것보다 더 짧은 순간 동안에 이루어지고 있다. 지구상에는 이 눈꺼풀 내려가는 순간을 문학의 이름으로 호명하며 그 순간 안에서 한평생을 보내는 생물들도 있다.

그런데 강기원의 시들은 그것이 글쓰기의 소산인데도, 직립 보행의 파도 위에 실려 가기를 거부한 생명체의 것이다. 이 시들을 탄생시킨 자는 척추에 걸려 있는 얼굴과 손의 소유자, 즉 '인간'이 아니라, 척추 없이 흘러내리는 고기이다. 지탱해 줄 것이 없기에 그것은 바닥에 떨어지면서 퍼즐 조각처럼 흩어져 버린다. "퍼즐의 몸 흩어지다 / 조각난 머리, 젖가슴, 허벅지, 무릎뼈가/ 밟히다, 짓밟히다"(「다몽증(多夢症) — 몸」) 바닥에서 밟히는 껌 같은 고기 인간이 나타난 것이다.

생명이 지금 어쩌다 척추 동물에게 잠시 잠깐 얹혀 살고 있다고 해서, '이 생명이 언어를 빌려 몸 밖으로 기어 나온 형태'인 시가 척추동물에게 백년가약 헌신할 필요가 어디 있겠는가? 저 혼자 자유로운 생명은 시의 도움으로 척추 없는 고기 덩어리와 더불어 바닥을 뒹굴 수도 있지 않겠는가? 고고학자 르루아구랑(A. Leroi-Gourhan)이 예언하는 미래의 인류처럼 말이다. "어떤 중대한 변화도 손과 치아의 상실 없이는, 즉 직립 보행의 상실 없이는 이루어지지 않는다. 앞쪽 사지들에 남아 있는 것을 사용해 버튼들을 누르면서 누워서 살아가는 치아 없는 인류를 전혀 생각할 수 없는 것은 아니다."(*Le geste et la parole*(Paris: Albin Michel, 1964), 1권, 183쪽) 미래의 인간은 이렇게 껌이나 가래침처럼 바닥에 붙어 사는 고기일 것이며, 사실 더 이상 인간에 부합하지도 않을 것이다. 강기원의 시적 화자도 온 힘을 다해 이렇게 인간이라는 유기체를 저버린다. "나를 폭파시킬 수 있었다면 그리했을 거예요 // 콧방울, 혓바닥, 유두, 배꼽, 은밀한 그곳까지/ 바벨의 뇌관을 박는 거지요"(「피어싱」) 그래서, 폭파 뒤에 이 유기체의 폐허 뒤에 무엇이 남는가? "머리도 없다/ 가슴도 없다/ 발도 없다/ 물론 오장 육부도/ 영혼도 없다"(「덩굴손」) 남은 것은 손인데 인간처럼 글을 쓰는 손이 아니라, 땅바닥을 기는 것과 마찬가지로 벽에 붙어 기기 위한 덩굴손이다. 물론 얼굴도 사라진다. "경계가 없는 이, 목, 구, 비"(「마젠타」), "눈과 함께 코도, 입도, 귀도 떼어져/ 새로운 더듬이가 자라나 보다"(「당 르 누아르」)

이러한 척추와 고기의 불화, 즉 해체에 직면한 인간−유기체는 강기원 시의 가장 큰 특징으로서 첫 시집 『고양이 힘줄로 만든 하프』(세계사, 2005, 이하 『하프』로 약칭)

에서부터 강조되고 있던 바였다. 가령, 그 불화는 내장이 모두 쓸려가 사라져 버리고 피리처럼 앙상하게 혼자 남은 척추의 모습으로 표현되기도 했다. "몸속으로 비가 쏟아져 들어왔어/ 구멍마다 흘러나오는/ 황톳빛 빗물/ 함께 쓸려 가는 내장/ ……// 비는 그쳤으나/ 구멍이 뚫린 채로 나는 남겨졌어// ……/ 속이 빈/ 뼈들의 마디"(『하프』, 18~19쪽) 고기 없이 버려진 척추 피리만 남는다. 여기서 몸에 구멍을 뚫는 비가 하는 것과 동일한 역할을 이번 시집에서는 몸에 뇌관을 박기 위한 「피어싱」이 하고 있다는 것은 두말할 것도 없다.(사실 많은 점에서 첫 시집은 이번 시집의 청사진 또는 스케치와도 같다.) 그런데 강기원에게는 도대체 왜 이렇게 유기체에 구멍을 뚫고 못살게 하고, 결국 유기체를 벗어 내던지는 일이 중요한가?

2 한니발

무슨 까닭으로 이렇게 척추를 제거하고 인간이라는 고기를 너무 큰 옷처럼 옷걸이에서 흘러내리게 만드는가? 앙토냉 아르토의 다음과 같은 유명한 말로부터 시작해 보자. "신체는 결코 유기체가 아니다. 유기체들은 신체의 적들이다." 그러면서 그는 "……눈꺼풀들이 팔꿈치, 슬개골, 대퇴골, 발가락과 짝지어 춤추게 하고 싶다"라고 쓰고 있다(J. Derrida, *L'écriture et la différence*(Paris: Seuil,

1967), 279, 281쪽에서 재인용). 유기체(organism), 즉 '기관들(organs)의 조화'가 함축하고 있는 바는, 개별적 기관들의 쓰임은 하나의 전체에 매개되어 있다는 점이다. 그런데 개개 기관들이 경험적인 데 반해, '전체'라는 것은 경험되지 않는 이념(idea), 그러므로 형이상학적인 것이다. 유기체라는 것은, 개개 기관들이 이 전체라는 형이상학적 이상(idea)을 목적으로 삼는다는 것, 즉 목적론을 암암리에 함축하고 있다. 형이상학적인 이념, 그러므로 보이지도 않고 들리지도 않는 허구를 '위해' 개별적 기관들이 만들어졌다는 것은, 전체적인 조화를 위해 개별자들 각각의 소명이 '이미' 부여되었다고 주장하는, 신체에 대한 일종의 '신학'이다. (그런데 신체에 대한 이 신학 때문에 얼마나 많은 사람들이 고통받고 있는가? 가령, 이 신학은 남성 기관의 쓰임과 여성 기관의 쓰임을, '전체적인 조화의 이념을 바탕으로 미리 명시해 놓고서' 이 기관들을 사적으로 사용하려는 동성애자들을 단죄한다.)

그러므로 문학이, 신체에 대한 학문이든 선입견이든 이데올로기든, 모든 종류의 허구적인 교의 배후를 엿보고자 원한다면(그리고 사실 문학이라는 놀고 먹는 뻔뻔한 쾌락이 사형당하지 않고 우리 곁에 있는 것은 단지 이 욕구를 실현하기 때문이다.), 그것은 유기체의 이념과 투쟁하며 신체를 해방시켜야 할 것이다. 문학은 "껍질만으로 잘도 속는/ 시력 나쁜 세상에게/ 멋지게 복수"(「껍질」)해야 할 것이다. 직립 보행을 하면서 얼굴을 번쩍 들고 미소와 화장이라는 가면을 배운 동물, 땅을 짚지 않아도 되면서 손이 정교해지고 고상한 안부 편지 쓰는 법과 악수라는 예절을 배운 동물로부터 척추를 제거하고, 그를 '관습'으로부터 해방시켜야 한다. 유와 종이라는 일반적인, 그러므로 추상적인 분류 체계——이 분류 체계의 산물이 바로 인간이란 개념이다.(이성을 가진(종차) 동물(유))——로부터 개별적인 생명들의 단독성을 되찾아야 한다.

신체를 해체하는 강기원의 시들 배후에는 바로 이런 과제들에 응답하고자 하는 열망이 도사리고 있다. 그런데 어떻게 시 안에 그런 열망을 실현하기 위한 장치를 심어 놓을 것인가? 비인간적, 또는 '인간 이전적 풍경'에 어떻게 도달할 것인가? 첫 시집에서는 직립 보행 하는 자의 두 잘난 기관인 손과 얼굴을 버리기 위해 짐승으로 변신하는 방식을 택했다. 뱀이 되어서 직립 보행을 버리고 바닥을 기어가기. "모래 자루처럼 탱탱해져서 바닥을 밀고 간다/ (중략)/ (손가락이 없으면 이리도 간단하군)"(「파충류의 허물을 뒤집어쓰다」, 『하프』, 25쪽) 손의 부재에 대한 확실한 만족! 또한 "시력 나쁜 세상", 선입견과 관습과 전통이 눈을 가리고 있는 인간적 세상 속에서, 벽에 걸어 놓은 넓적한 칠판 같은 직립 보행자의 얼굴 위에 생겨나는 바람에 기껏해야 백팔십 도밖에 보지 못하는 눈을 동물의 것으로 바꾼다. "삼백육십 도 회전하는 게의 눈/ ……// 내 눈은 양껏 밀고 당겨 백팔십 도/ ……/ 이렇게 부탁해 본다/ 게야, 시 쓰는 내게/ 네 눈을 빌려 주련?"

(『하프』, 24쪽) 시를 쓰기 위해선, 인간 아닌 자의 언어에 도달하기 위해선 동물이, 그러므로 가공되지 않은 자연이 될 필요가 있었던 것이다. 눈이 회벽 같은 인간의 얼굴로부터 떨어져 우주에 떠 있는 어떤 별처럼, 게의 안구가 되어 삼백육십 도 회전할 필요가 있었던 것이다. 보르헤스가 지하실에서 바라본 '알렙'처럼 말이다.

이번 시집의 경우는 어떤가? 이번엔 인간의 신체를 잘라 내는 외과 수술을 단행한다. 물론 척추 동물 너머의 가능성을 시험해 보고 있는 시인에게, 생명을 인간이라는 유기체 안에 잘 보존하는 것을 목적으로 삼는 외과 의사는 별 쓸모가 없다. 오히려 신체의 모욕자이자 해체자, 가령 한니발 렉터 박사 같은 사람의 외과 수술이 절실한 것이다. "그 미치광이/ 렉터 박사가 아니어도/ 피부는 모으고 싶지/ 퀼트처럼 조각조각 잇대어 보고 싶지"(「껍질」) 사실 강기원이 "사라진 목, 부서진 팔다리"(『하프』, 125쪽)라는, 척추 제거의 염원을 렉터 박사를 통해 실현하리라는 것은 첫 시집에서도 어느 정도 예견되어 있었던 듯하다. 「양들의 침묵」에나 나올 듯한 다음 장면이 암시하듯이 말이다. "무늬 없는 등판에 지도를 그려 넣어/ 벽에 거는 일은 어때"(『하프』, 124쪽) 이런 외과 수술의 결과 무슨 일이 일어나는가? 척추 동물의 자랑, 얼굴과 손과 직립 보행 하는 다리가 그야말로 엿같이 되어 버린다. "맘에 안 드는 얼굴은/ 깔아뭉갤 엉덩이로/ 분주했던 팔다리는/ 의연한 등판으로"(「껍질」) 되는 것이다. 신학자들이 정체성을 애써 마련해 놓고 구분한 것들도 마구 뒤섞여 한 양푼의 우주적 비빔밥이 된다. "아예 여자를 남자로/ 천사를 악마로 바꾸어 보고 싶지"(「껍질」)

그런데 우리는 렉터 박사가 외과 수술의 예술가일 뿐 아니라 특별한 요리사라는 것도 잘 알고 있다. 그는 도마 위에 인육을 올리지 못해 안달이 난 사람이다. 아마도 이 시집 곳곳에 이름이 거명되건 안 되건 렉터 박사의 유령이 출몰한다면, 바로 강기원 역시 식인 취향을 가지고 있기 때문이리라.

중국의 용문(龍門)에선
인간으로 만두를 빚었지
그곳의 만두 맛은 정말 특별해   ——「만두」

골즙까지 남김없이 빨아 먹는 것 앙상한 늑골만 남을 때까지   ——「복숭아」

늑골의 강력분
땀과 눈물의 소금기
숨결 효모
수줍은 미소의 당분 약간
칠 할인 체액을   ——「베이글 만들기」

나열하자면 이 엽기 취향의 요리들은 끝이 없다. 인간

이라는 유기체로부터 해방된 고기가 놀랍게도 곧바로 요리 재료로 선택된다는 이 당혹스러운 사실을 어떻게 이해해야 할까? 모든 선입견, 관습, 추상적 개념들로부터 벗어나기 위해 인간의 척추를 버리고 흘러내리는 고기에 도달했건만, 그것은 결국 요리 재료를 얻기 위해서란 말인가? 도대체 척추로부터 흘러내리는 고기의 매력이 무엇이기에 이 시적 화자를 군침을 흘리는 식인귀로 만드는가?

3 칼 한 자루

고기란 얼마나 매력적인가? 고기의 매력을 이해하기 위해 읽어 볼 필요가 있는 한 구절을 우리는 미셸 투르니에의 『마왕』에서 발견한다. "정육점과 거기 걸려 있는 갈퀴, 그 갈퀴에 걸려 있는 껍질 벗긴 짐승의 잔혹하고 거대한 알몸뚱이, 시뻘건 살뭉치, 끈적끈적하고 금속성 광택이 나는 간, 분홍빛이 돌고 스펀지처럼 생긴 허파, 외설적인 형태로 네 쪽으로 나뉜 어린 암소의 궁둥이가 내보이는 주홍빛 내부, 특히 그 날고기들 위로 지나다니는 엉긴 핏덩이와 찬 기름 덩이의 향기⋯⋯."(*Le Roi des Aulnes*(Paris: Gallimard, 1970), 112쪽) 이 시집의 화자라면 군침을 흘리고도 남을 모습이다. 척추에 고기가 제대로 잘 걸려 있을 때 우리가 그것에 대해 매력을 느끼는 방식이 있다. 예컨대, 목이 긴 여자, 키 큰 남자 등등⋯⋯.

123

그런데 이런 인간-유기체가 아닌 고기를 매력적이도록 해 주는 것은 무엇인가? 도대체 어떻게 고기는 우리의 정서를 발동시키는가?

가령, 푸줏간에 매달린 고기들을 자주 그린 프란시스 베이컨은 고기 속에 이물질을 쑤셔 넣음으로써 고기의 매력을 깨워 낸 듯하다. 바로 칼을, 아니 칼 같은 척추를 쑤셔 넣는다. "베이컨에게 척추는 살인자가 아무것도 모르고 잠자고 있는 사람의 신체 안에 쑤셔 넣은 피부 밑의 칼일 따름이다."(G. Deleuze, *Logique de la sensation*(Paris: Éd. de la différence, 1981), I권, 20쪽) 베이컨에게서 척추란 상처를 내며 깊이 파고든 칼 같은 이물질이기에 고기는 조화로운 유기체의 형태로부터 해방되어, 피를 흘리며 아래로 흘러내리기 시작한다. 붉은 고기 살의 매혹이 시작되는 것이다. 강기원에게서도 부재하는 척추를 대신하는 칼이 있다. 카프카의 「형제 살인」과 매우 재미있는 유사성이 있는 한 편의 시가 보여 주는 것처럼 말이다. "너는 / 온몸이 수렁인 양/ 칼을 삼켰지/ 그래도 나는 다시/ 칼을 찔러 댔어/ 그러면 너는 다시/ 칼을 삼켜 버리는 거야"(「치한이 되고 싶은 봄밤」) 고기가 매혹을 발휘하기 위해서는 칼에 찔려야 한다. 몸속 깊이 칼날을 삼켜야 한다. 그러기 전엔 그것은 설령 죽은 것일지라도 고기라기보다는 생동감을 잃고 '정지한 사체(死體)'에 불과하다.(그리고 사체는 여전히 유기체다.) 칼을 찔러 넣을 때 비로소 고기는 붉은빛으로 젖어 들며 충격적인 정서를 방향제처럼 발산하는 매혹의 덩어리로 완성된다. 역설적이게도 유기체를 죽이는 칼이 고기를 사체로 머물게 하지 않고 또 다른 생명력을 얻게 하는 것이다.

> 주방장의 노련한 칼질에
> 뇌가 아직 살아 있는 그것이
> 푸른 쓸개도, 부레도 없는 그것이
> 분장이 얼룩진 피에로처럼
> 물속을 벌겋게 물들이며
> 헤엄치기 시작한다
> 탄성을 내뱉는 이들에게
>
> ──「가을날의 피에로」

칼로부터 어떻게 고기가 생동감을 얻게 되는지 이보다 더 잘 설명하지는 못할 것이다. 칼의 마술과 같은 수완은 사체로부터 "탄성"이라는 '잉여 가치'를 이끌어 낸다. 이렇게 해서 강기원의 엽기적인 요리 재료들, 즉 아직 식지 않은 고기와 그 고기 표면에서 모락모락 피어나는 정신적 요소들(가령 '불안' 같은 것)이 마련된다. "허파며 간, 쓸개, 혓바닥, 뇌수에 핏물까지/ 아낌 없이 내어 줄 토막 난 몸뚱이"(「차디찬 고깃덩어리」), "피의 시럽"(「베이글 만들기」), "기고 기어 온 무릎/ 감추어 둔 꼬리"(「곰국」), "창자와 벌름거리던 숨구멍과/ 대구의 생식기 (중략)/ 내 끓어진 애와/ 벙어리 가슴과/ 텅 빈 아기집"(「절여진 슬

품」), "고름 두 덩이/ (중략) 쾌감 충분히/ 지저귐 큰 스
푼 둘, 불안 넉넉히"(「언어로 가득한 주방」) 등등. 이렇게
강기원의 시에서 고기의 매혹에 최초로 눈뜨는 마음의 능
력은 "식육의 허기"(「차디찬 고깃덩어리」)다.

척추 혐오자이고 도살의 광적인 팬이며 렉터 박사의 분
신이자 요리광인 시적 화자의 모험은 이 허기와 식도락의
숨바꼭질에서 끝나는가? 칼의 마술이 이끌어 내는 매혹은
혀끝을 자극하고 사라질 뿐인가? 우리는 길잡이를 얻기
위해 프란시스 베이컨의 고기로 다시 돌아가 볼 필요가
있다. 그는 자신의 고기 체험을 이렇게 이야기한다. "나
는 항상 도살장과 고기에 관련된 이미지에서 매우 충격을
받았다. 나에게 이런 〔도살장에 걸려 있는 고기들의〕 이미
지는 십자가형의 모든 것과 긴밀하게 연관되어 있다."(F.
Bacon, *L'art de l'impossible*(Genève: Éd. Skira, 1976), 55쪽)
도살된 채 척추에서 흘러내리는 모든 고기는, 십자가(역
시 이것도 일종의 척추다.)에서 흘러내리는 그리스도 고기
를 표절한 것이다.(이런 점에서 그리스도야말로 모든 도살
장과 냉동 창고에 걸린 고기들의 모범이자 수호 성인이다.)
우리는 강기원에게서도 이런 고기 체험(아니, 오히려 영적
체험이라 불러야 하나?)을 발견한다.

　　살덩이들이 있어

　　(중략)

　　십자가에 달리지 않고도

전신을 내어 드리는
크고 맑고 슬픈 눈동자가 있어
순하게 끔벅이는
보이지 않는 눈동자가 있어

　　　　　　　　　　——「차디찬 고깃덩어리」

　여기서 고기가 십자가에 달리지 않았다는 진술 안에 숨은 진짜 진술은 '십자가에 매달렸다'는 것이다. 그렇지 않다면 맥락도 없이 십자가를 언급할 이유가 없지 않겠는가? 부정의 방식으로 십자가를 긍정하고 있는 것이다. 이 십자가 체험, 그러니까 척추에서 흘러내리며 죽어 가는 고기(반대로 유기체는 척추에 매달려 있기에 살아간다.)의 가르침은 바로 제물로 받친 고기 중의 고기인 양고기, 바로 어린 양의 '대속(代贖)'의 이념이다. 렉터 박사의 제자인 강기원 이 식인귀, 진정한 요리가 아니라면 차라리 끼니를 거를 이 요리의 달인, 고기의 매혹을 곧바로 '식육의 허기'에 가져다 붙이는 지독한 먹보이자 육식 애호가는, 놀랍게도 십자가에 매달린 고기 앞에서 "슬픈 눈동자"와 마주친다. 당연하게도 여기서 슬픔은 고기의 것이 아니라 그것을 느끼는 화자의 것이며, 그 눈은 반 에이크가(家)의 천재적인 두 형제, 후베르트와 얀이 겐트의 위대한 패널 속에서 경배했던 양의 것과 다른 것이 아니다. 고기가 슬픔이라는 것을 가르치는 순간 음식을 삼키는 자의 목은 껄끄러운 어떤 것으로 막혀 버리고 식도락은 종

말을 고한다. 먹보는 세상이 고기로 가득 찬 즐거운 음식 창고가 아니라, 눈길이 분주하게 슬픔을 실어 나르는 곳이라는 것을 알게 된다.

4 먹이기 또는 구원

들뢰즈 또한 고기의 가르침에 감화를 받은 인물 가운데 하나인데, 그는 그 가르침을 이렇게 풀이한 바 있다. "고통받는 모든 인간은 고기에 속한다. 고기는 인간과 짐승 사이의 공통 영역이고 이 둘의 식별 불가능한 영역이다. (중략) 고통받는 인간은 한 짐승이고, 고통받는 짐승은 한 인간이다. (중략) 예술, 정치, 종교 그 무엇에서든 혁명적인 사람이라면 (중략) 죽어 가는 송아지들 '앞에서' 책임을 느끼는 하나의 극단적인 순간이 있지 않았겠는가? 이 순간에 그 사람〔역시 송아지들과 같은〕한 마리의 짐승 이외에는 아무것도 아니다."(G. Deleuze, 위의 책, 20~21쪽) 한 자루의 칼이 고기로부터 이끌어내는 잉여가치의 최종적 비밀, 미각으로 환원되지 않는 이 가치가 무엇인지 이 구절은 단적으로 보여 주고 있다. 그것은 강기원이 고기의 "크고 맑고 슬픈 눈동자", "순하게 끔벅이는 보이지 않는 눈동자"로부터 이끌어 낸 가치와 동일한 것이다. 그것은 이제 우리가 '전회'라는 이름으로 설명할 가치다.

사실 육식(또는 식인)의 역사에서, 저 신비한 어린 양 고기(성체(聖體)라고 제대로 불러볼까?)의 출현은 혁명적인 전회다. 육식의 꽃인 식인은 프로이트가 『토템과 터부』에서 쓰듯이, 잡아먹는 대상의 힘을 자기 것으로 만들기 위한 의례였다. "어느 날 쫓겨난 형제들이 함께 돌아와 아버지를 죽이고 잡아먹는다. (중략) 먹는 행위를 통해 그들은 아버지와의 동일시를 달성하고 각자가 그 힘의 일부분을 자기 것으로 만든다."(스텐다드 에디션, XIII권, 141~142쪽) 이렇게 "먹는 행위를 통해 사람 육체의 부분들을 (나와) 합체함으로써, 그 사람이 가진 특성들을 자기 것으로 만드는 것이다."(위의 책, 82쪽) 이런 육식 풍습의 전통에서 신비한 어린 양이 행한 전회는 '잡아먹기'를 '내어 주기' 또는 '먹이기'로 대체했다는 것이다. "이것은 너희를 위하여 내어 주는 내 몸이다."(「루가」, 22장 19절) 잡혀 먹는 고기가 아니라, 타인을 먹여 살리는 고기, 타인에게 힘을 나누어 주는 고기가 출현한 것이다.

이 시집은 "야수인 예수"(「야생보호구역」)와 렉터 박사라는, 식인 풍습에 기원을 두는 두 인물을 큰 축으로 삼아 설립되었다고 해도 과언이 아니다. 렉터 박사의 이야기나 그리스도의 이야기나 모두 고기 애호가들의 이야기이고, 식인 풍습의 향수에 관한 이야기이며, 외과 수술(또는 몸을 찢어 제자들에게 나누어 주기)에 관한 이야기이고 저녁 식사에 관한 이야기다. 다만 이 두 인물은 잡아먹기와 먹이기라는 서로 상반된 방향의 운동을 한다. 그

리고 확실히 고기를 잡아먹는다는 매혹적인 행위 안에서
'먹이기'라는 전혀 상반된 운동을 발견하게 된 것은 시적
화자의 정신세계에서 큰 전회에 해당한다.(당연한 이야기
겠지만 먹는 일의 매혹을 모른다면, 먹이기도 할 수 없다.
이런 뜻에서 잡아먹기는 궁극적으로 먹이는 일을 준비하고
있었던 것이다.) 자신의 고기를 먹이는 일의 매혹은 이 시
집 도처에서 발견된다.

　　　허기진 네게
　　　인상 깊은 만두를 먹여야지
　　　만두소처럼 나로 너를
　　　온전히, 맛있게, 그득하게 채워야지　　　　──「만두」

　　　나의 얼굴, 팔, 다리, 심장을 대접하겠습니다
　　　(중략)
　　　무향(無香)의 다감한 속살
　　　이제 그대만을 위해 내어 드립니다 기꺼이
　　　　　　　　　　　　　　　　　──「베이글 만들기」

　　　나인 줄은 모르게
　　　감쪽같이 뽀애져서
　　　고추 후추 듬뿍 뿌려
　　　나인 듯 아닌 듯
　　　자 드세요　　　　　　　　　　　　　──「곰국」

시인의 노정부터 잠깐 이야기하자면, 첫 시집의 「선짓국」이 선짓국이라는 객체 속에서 영성체의 이미지를 발견하는 데 그쳤다면, 이 시들은 객체가 아닌 나라는 주체를 적극적으로 먹이는 결단을 감행하고 있다는 점에서 하나의 도약으로 이해해도 좋을 것이다.

그런데 도대체 '잡아먹기'로부터 '먹이기'의 발견, 고기를 식용으로 다루는 방식에서 나타난 이 큰 전회의 본질은 무엇인가? 그것은 이타적(利他的) 자아 또는 윤리적 자아의 탄생인가? 우리는 이를 '윤리적' 또는 '도덕적'이라고 부르고 싶은 유혹의 함정에 빠져서는 안 될 것이다. 문학(물론 오로지 진짜 문학)은 법의 파괴자일지언정, 어떤 법도(그러므로 도덕법도, 교의도, 윤리도) 설립하지 않는 까닭이다.

해답을 얻을 수 있는 실마리를 우리는 하나의 같은 소재를 첫 시집과 이번 시집이 어떻게 서로 다르게 접근하는지 살펴봄으로써 이끌어 낼 수 있다. 앞서 말했듯, 첫 시집의 많은 시들은 이번 시집의 시들을 위한 청사진으로 이해할 수 있다. 강기원의 요리 특기 가운데 하나인 '염장'을 공통적으로 다루고 있는 첫 시집의 「자반」과 「미하(米蝦)」가 염장의 진정한 의미에 도달하기 위해선 이번 시집의 「절여진 슬픔」으로 끌어올려질 필요가 있었다. 앞의 두 편에서 염장은 아래와 같이 그저 막다른 골목처럼 묘사되고 시는 더 이상의 진전 없이 끝을 맺는다.

남겨진 건

더 이상 부패하지 않을 염장의 날들   ——「자반」

덜 삭은 눈알로

바다를 읽는

굽어질 등도 없이

모든 다리를 오그리고

사라져 갈

쌀새우   ——「미하(米蝦)」

   그야말로 장례식의 마지막 절차를 끝내고 난 것 같은 이 쓸쓸한 풍경은 「절여진 슬픔」에선 연애 놀이의 한 장면처럼 바뀐다.

한 말 굵은 소금에 절여 볼까

컴컴한 광 속에서

한 오백 년 푹 삭아 볼까

(중략)

그대 혀끝에

올려진다면

그게 나인 줄고 모르고

삼켜진다면

그리운 그대 속내
알아보는 거야   ──「절여진 슬픔」

 달라진 것은 무엇인가? '사라져 갈 쌀새우'가 처한 죽음과도 같은 막다른 골목을 열어 주는 것은 무엇인가? 바로 유한성 속에서 홀로 죽는 대신 '사랑하는 이에게 자신을 먹이는 사건'이다. 그러므로 해서 "그대 속내 알아보는" 사랑의 놀이는 개체의 죽음을 넘어, 나의 고기를 먹은 사랑하는 이의 생명 속에서 계속되는 것이다. 이것이 내가 나의 유한성을 넘어서, 타인이 누리고 살아갈 시간 한 조각을 쪽배처럼 얻어 타고 계속 살아 나가는 방식이다. 사랑하는 타인의 몸속에서 살아남기. 유한한 개체들의 한계를 뛰어넘어 구원받는 방식으로 이것 말고 다른 길이 있겠는가? 결국 '먹이기'라는 행위의 본질에서 일어나고 있는 것은 바로 '구원의 사건'이다.
 그리고 이렇게 타인을 먹임으로써 그를 구원하고 동시에 내가 구원받는 것, 그것이 바로 '어머니 대지'가, 우주가 살아 나가는 방식이다. 아차! 나는 아직 이 시집의 모든 말들을 쏟아내는 이를 당신에게 소개하지 않는 실례를 범했구나. 당신과 만나자마자 찻잔을 사이에 두고 앉기 전에 했어야 하는 일인데! 수많은 이름을 가졌지만, 그는 결국 어머니다. "말의 뿌리를 잡아 보고 싶은 거네/ 그 거대한 근/ 온몸으로 받아들여/ 반쪽 아닌 온통으로/ 개안(開眼)하고 싶은 거네"(「마근(馬根)」) 이 화자는 말의 물건까지 탐낼 정도의 색녀인가? 그보다는, 마리아 바르바라보다도 더 수태와 출산만을 영원히 반복하기를 열망하는 자, 그러므로 한 개체로서의 여자라기보다는, 코라(Khôra), 바로 생명들의 요람인 어머니 대지다. "다시 수태를 꿈꿔야겠다"(「보름달」)고 말하는 그것은 "만물을 삼키고 뱉어 내는 소용돌이"(「위대한 암컷」), 만물을 '먹이고 먹는 일'을 돌보는 질서, 그러므로 우주의 바퀴를 회전하게 하는 "위대한 암컷"이다.

(시인·문학평론가)

바다로 가득 찬 책

1판 1쇄 찍음 · 2006년 11월 28일
1판 1쇄 펴냄 · 2006년 12월 4일

지은이 · 강기원
편집인 · 장은수
발행인 · 박근섭
펴낸곳 · (주)민음사

출판등록 1966. 5. 19. 제16-490호
서울시 강남구 신사동 506번지 강남출판문화센터 5층 (우)135-887
대표전화 515-2000 / 팩시밀리 515-2007
www.minumsa.com

값 7,000원

ISBN 89-374-0747-7 (03810)